KB071115

생각의
의
36.5°

유성수 지음

문학공감

생각의 36.5°

유성수 지음

머리말

톨스토이는 "모든 사람이 세상을 바꾸겠다고 생각하지만 누구도 자기 자신을 바꿀 생각은 하지 않는다."라고 했다. 과거의 생각은 지금 현실이 되었고, 현재의 생각은 미래가 될 것이다. 어떤 생각을 하느냐에 따라 지금의 내가 달라질 것이다. 지금의 나는 과거로부터 시작된 모든 생각의 총체적인 합의 결과이다.

사회 초년 시절에 나는 실패를 정말 많이 했다. 실패를 거듭하다 보니 무엇을 해도 안 된다는 생각에 부정적인 말을 많이 하며 살았다. 부정적인 생각은 부정적인 말과 적극적이지 못한 행동으로 이어졌다. 그렇게 아무런 삶의 의욕도 느껴지지 못하던 날들을 살다가 지푸라기를 잡는 심정으로 생각을 한 번 바꿔보기로 마음먹었다. 그런데 정말 놀

랍게도 생각을 바꾼 뒤로 내 인생이 바뀌었고, 세상이 달라 보이기 시작했다. 생각의 중요성을 깨우친 지금, 이제는 누구보다 긍정적이고 진취적으로 적극적인 삶을 살고 있다. .

자신을 바꾸고 싶은가? 생각을 바꿔라! 생각을 바꾸면 우리 자신이 바뀌고, 미래가 바뀌고, 인생이 바뀐다.

이 책은 매일 아침, 하루하루 받은 영감으로 쓴 글이다. 책 안에는 글 쓰는 과정에서 찾았던, 무심코 지나쳤던 사물과 당연하다고 생각했던 순간의 의미들이 담겨 있다. 또, 세상에 존재하는 단어들에 대해 다른 시각으로, 새로운 의미로 해석한 것들도 있다.

이 책은 아침, 점심, 저녁에 읽을 수 있도록 구성했다. 하루를 시작하는 아침에는 설렘과 호기심으로 시작할 수 있도록, 하루를 진행하는 점심에는 신중한 결정과 행동을 할 수 있도록, 하루를 마무리하는 저녁에는 오늘을 들여다보고 내일을 내다볼 수 있도록 하였다.

우리 몸은 정상 체온 36.5°를 유지할 때 건강한 몸으로 최적의 활동을 할 수 있다.

하지만 우리는 평소 생각에 대한 온도를 체크하지 않는다. 온도가 너무 높거나 낮으면 생각도 병에 걸릴 수 있다. 우리가 아플 때 하루 세 번 약을 먹는 것처럼 이 책도 하루 세 번 아침, 점심, 저녁, 파트별로 하나씩 읽어보면 좋을 것이다.

이 책의 문장은 짧지만, 내용은 절대 얕지 않다. 곱씹어 볼수록 많은 생각을 하게 해주는 책이다. 곳곳의 그림들도 감상하며 글의 의미를 깊이 있게 생각해 보기를 바란다. 이 책이 하루를 힘겹게 살아가는 당신 생각의 온도를 36.5°로 유지해 주는 희망의 처방전이 되기를 바라며.

목차

PART 2

결정은 신중하게, 행동은 신속하게

가슴 뛰는 삶에는 마침표가 없다.
단지 감탄사가 있을 뿐이다.
감탄사를 위해 거대한 꿈을 가슴에 품자.

PART 1

시작은 설렘,
출발은 호기심

내가 서 있는 자리가 행복의 시작이요

내가 움직일 때마다 감사가 넘친다.

오른손엔 사랑, 왼손엔 희망을

가슴에는 열정적인 에너지로

머리에는 긍정적인 생각을

눈에는 비전을 보고

귀에는 성공의 소리를 들으며

입에는 할 수 있다는 자신감으로

나는 오늘도 웃음으로 시작하노라.

    아침이란 알아차림의 '아 참'이다. '아 참'은 순간순간 뇌를 깨우는 기억과 상상의 세계의 감탄사이다. '아 참'은 의식의 세계를 깨우는 느낌표다. 순간순간 찾아오는 기회를 놓치지 않도록 뇌를 깨워 꼼꼼하게 챙겨두자.

알아차림과
알아주렴

  늘 함께 갈 거라고, 늘 함께할 거라고, 늘 함께 누릴 거라고 생각했는데, 어느 순간 익숙한 당연함이 상황이나 환경에 의해 달라지거나 사람들이 떠날 때 우리는 당황하게 된다. 우리는 '알아차림'이 중요하다. '알아차림'이 있어야 고마움과 감사함, 그리고 소중함을 알게 된다. '알아차림'이 '알아주렴'이 되는 멋진 하루를 시작하자.

시작부터 즐겨라

   삶의 기쁨을 가져다주는 일에 자신을 투자하라. 삶의 변화를 주는 선택에 몰입하라. 피할 수 없으므로 억지로 버티는 삶이 아닌, 시작부터 즐겁게 시작하고, 재미있는 일을 찾아라. 과거는 이미 흘러갔고 누구도 미래를 보장받지 못하기 때문에 지금 이 순간을 꽉 채울 수 있는 즐거운 일을 찾는 데 노력하자.

작은 것부터 시작하자

  하루의 성공적인 시작은 아침에 있듯이 인생의 성공적인 삶도 하루에 있다. 시작은 작은 것부터 시작하고, 걸음은 한 걸음부터 시작하고 날짜는 1일부터 시작한다. 시작은 완성되지 않은 상태에서 시작된다. 어제와 같은 삶을 살지 말고 새롭게 시작하고 시도하자.

오른쪽 신발을 먼저 신을까, 왼쪽 신발을 먼저 신을까를 의식하고 신발을 신어보자. 아무 생각 없이 걷는 것보다 건강을 위해 걷는다고 의식하며 걸어보자. 일상에서 일어나는 익숙한 행동들에 의식하며 행동하자. 우리의 작은 행동들을 찾아내어 창조의 기쁨을 누려보자. 이전과 다른 새로운 한 걸음을 더 내디뎌라.

tip. 01

살아온 날보다, 살아갈 날보다
더 중요한 것은 살아 있는 날이다.
살아 있다는 것은 무엇이든
할 수 있는 특권이다.

66
인생의 첫걸음,
걸음마

　우리가 어릴 때 더 넓은 세상을 향해 자신의 의지대로 한 걸음 떼는 발걸음이 '걸음마'였다. 세상을 향한 첫걸음마를 시작으로 우리는 쉬지 않고 계속 걸어가며 인생의 발자취를 남겼다. 우리가 지금까지 훈련된 익숙한 걸음마를 해왔다면 이제는 새로운 도전과 성취를 위해 걸음마를 다시 시작할 때이다.

66
초심으로
끝까지 완성하자

초심(初心)이란? 사전적으로 어떤 일이나 상황에 들어갈 때 처음의 마음가짐이라고 한다. 우리는 인생의 중요한 출발선에서 초심을 가지게 된다. 시작의 첫 마음, 시작의 첫 결심, 시작의 첫 준비가 초심이다. 처음 세운 뜻을 끝까지 밀고 나가기 위해선 초심은 참 중요한 역할을 한다. 초심은 우리 인생 가치관의 기준이 되면서 흔들릴 때 나 자신을 돌아볼 수 있는 기회를 주기 때문이다. 우리는 초심을 잃지 않을 때 지속 가능한 변화와 성장을 할 수 있다. 초심으로 열심을 내어 뚝심 있게 완성하자.

66
미루지 말고
당기자

미루면 미룬 만큼 멀어지고, 당기면 당긴 만큼 가까워진다. 하고 싶은 것, 되고 싶은 것이 많은데 다음으로 계획을 미뤄서 꿈이 멀어진다. 이제부터 계획보다 한 박자 빨리 시작하자. 가야 한다면 빨리 걷자. 해야 한다면 먼저 하자. 지금부터는 미루는 습관을 버리고 당기는 습관을 가져 보자. 미루지 말고 당길 때 우리는 성공한다.

66
'다음에'가 아닌
'다짐해'

    다시 시작합시다. 다시 도전합시다. 이런 말들에 나의 몸과 마음은 아무런 자극과 충격을 못 느낀다. 시작은 했었고 시도도 해보았고 결과도 만들어 냈다. 하지만 희열과 기쁨의 날 수는 그리 길지 않았다. '다시'라는 말은 사라지고, '다음에'라는 말만 남았다. '다시 다음에'가 아닌 '다짐해'로 바꿔야 한다. 다시 시작하고 도전할 수 있도록 다시 다짐하자.

66
자신의 성벽을
단단하게 쌓자

　자신이 돌아온 길을 되돌아보는 것이 성찰이고, 자신의 미래를 내다보는 것이 성장이며, 자신이 원하는 것을 현재에 이룬 것을 성취라고 한다. 또한 어제와 다른 모습으로 현재에서 미래를 바꿔가는 것을 성공이라 한다. 성장과 성취 그리고 성공으로 자신의 성벽을 단단하게 완성하자.

tip. 02

산을 오르면서 힘들다고 불평하지 말자.
불평은 정상에 오르지 못한 사람들의
일상의 언어이다. 정상에 오르는 순간
그 모든 불평은 사라진다.

**축복의 산통,
생명의 숨통**

 '산통'의 시간이 지나 '숨통'이 트이며 한 생명이 태어난
다. 생명의 탄생은 축복이다. 생명의 탄생을 위해 견뎌온
'진통'의 과정에서 산모에게 힘이 되어 주었던 "조금만 더
힘내세요!", "조금만 더 힘주세요!" 한마디는 지금 이 순간
우리에게 가장 필요한 말이 아닐까?

66
생각한 대로
산다

　우리는 생각한 대로 산다. 생각한 대로 펼쳐진다. 생각의 크기와 깊이는 정신세계에도 많은 영향력을 미친다. 생각의 방향이 바뀌면 생각의 길이 바뀐다. 어떤 생각으로 방향을 정하느냐에 따라 삶의 길이 달라진다. 인생의 터전 위에 바른 생각, 옳은 생각, 큰 생각을 품자.

66

인생의 방향 설정
목표

　목표를 세운다는 것은 인생의 방향을 정하는 것이다. 목표는 삶의 나침반이요, 북극성이 된다. 자신의 삶에 목표를 세우는 것처럼 중요한 일은 없다. 목표는 명확해야 한다. 목표는 구체적이어야 한다. 목표가 없는 인생은 죽은 인생이나 다름이 없다. 죽은 물고기는 탁류에 힘없이 떠내려간다. 그러나 살아있는 물고기는 맑은 물줄기를 힘차게 거슬러 올라간다. 원하는 목표를 위해 힘있게 시작하자.

포기와
포착

태도를 스스로 바꾸는 사람, 자신의 습관을 고쳐가는 사람은 존경스럽다. 자신을 바꾸는 것이 너무나 어렵다는 것을 알기 때문이다. 목표의 고지 앞에 '순간 포기'하는 사람, 목표의 고지 앞에 '순간 포착'하는 사람이 있다. 오늘 하루 포기와 포착 중 올바른 선택을 하자.

자신감을
회복하자

　가능성이란 앞으로 성장할 수 있고, 실현될 수 있는 가능성에 기대감을 갖는 것을 말한다. 가능성은 자신의 잠재력을 깨워준다. 가능성은 내 안에 잠든 능력을 찾게 해준다. 가능성은 현재의 관점에서 미래를 기대하게 한다. 가능성을 찾는다는 것은 자신감을 회복하게 해주는 것이다. 오늘 하루도 숨겨진 가능성을 찾자.

tip. 03

노력의 땀과 눈물 없이는
최고의 순간을 허락하지 않는다.
최고의 순간을 위해 정신력과
의지력으로 견디고 버텨내자.

"
나 한다 &
다한 나

나 스스로 해야 한다는 결심과 의지를 드러내는 말이
'나 한다'이다. 스스로 책임과 약속을 지키는 사람, 열정과
도전으로 성취하는 사람이 되자. 오늘 하루 '나 한다'에서
'다한 나'가 되도록 성취 온도를 높이자. 성공의 불꽃을
피우자.

##
나 바꿈

　바꾸고 싶은 행동을 반복하는 나를 보게 된다. 바꾸고
싶은데, 바꿔야 하는데, 우리는 지나간 후에야 깨닫는다.
이러한 방법으로 수십 년을 살았고 수십 번을 반복했다.
오늘부터 '나 바꿈(나—나 스스로, 바—바라는 대로, 꿈—
꿈을 이뤄가는 사람)'을 실천하자.

한 걸음을 시작하더라도 멀리 보고 걷자. 한 번을 시작하더라도 끝까지 완성하자. 한 개를 얻었다고 한계를 두지 말자. 시작하고 완성하지 못한 것이 얼마나 많은가? 완성되지 않아 얼마나 아쉬움이 많은가? 무엇이든 꼭 해내고, 완성하자. 너무 평범한 이야기인데 너무 익숙해서 내 생각에, 나의 마음에 자극이 없다는 것이 문제인 것 같다. 자극 없는 세상, 이제는 두드려보자.

> **새로움은 새것을
> 새기는 것이다**

 산다는 것은 낡은 것을 버리고 새것을 끊임없이 찾는 노력이다. 어제보다 오늘이 더 새로워야 한다. 새벽에 내리는 촉촉한 이슬처럼 아침에 총명한 새 정신을 가지고 하루를 멋지게 시작하자.

66
움츠림과
움트임

　하루가 모여 삶이 된다. 세상을 떠나는 사람들의 마지막 바라는 소원이 있듯이 그 하루를 잘 채우며 살아야 한다. 아침에 일어나는 순간 생명이 움튼다. 저녁에 잠드는 순간 생명이 움츠린다. 끝이 아닌 새로운 시작처럼, 아침과 저녁 사이의 여백을 감사와 감동으로 채우자.

" '벌써'를 놓치면
벌서게 된다

  예상보다 빠르게 움직일 때 쓰는 말이 '벌써'라고 한다.
우리는 자신의 행동을 후회할 때, 자신의 예상보다 앞서
갈 때 '벌써'라는 말을 사용한다. 너무 늦으면 아쉬움과 후
회의 벌을 서게 된다. 과거와 현재, 그리고 미래에 대한
내 생각과 행동이 늦어서 벌을 서지 않도록 하자.

43

66
평범을 넘어
비범으로

  태어날 땐 누구도 평범하게 살 거라 생각하지 않았다. 평범한 생각이 평범한 삶을 만들어 낸다. 너무 당연하고 익숙하고 평범한 인생이 아닌, 특별하게, 독특하게, 자신의 삶을 바르게, 바라보자. 오늘부터 평범한 인생을 넘어 비범한 인생을 위한 첫날, 오늘부터 다시 살자.

날마다 경험하지 않은 세상을 산다

　우리는 미지의 세상을 알기 위해서는 날마다 살아보지 않은 세상을 접해야 한다. 살아보지 않았다는 이유로 거절하거나 시도하지도 않는다면 새로운 기회를 얻지 못한다. 한 번도 경험하지 못할 세상에 도전할 것인가? 여기에 안주할 것인가? 그것은 우리의 몫이다.

한 살 더
먹기 전에

　내가 벌써 나이가 이렇게 들었나 싶다. 하던 일을 멈추고 생각해보니 철들어 살아온 인생보다 철모르고 보낸 세월이 아쉽기도 하다. 세월이 유수와 같아도 이렇게 빨리 갈 줄이야. 그렇지만 세월만 탓하기엔 나에게 너무 미안하다. 태어날 땐 울었다. 하지만 살면서 웃고 살아야 하지 않겠나? 한 살 더 먹기 전에 해야 할 일을 완성하자. 오늘 할 일을 오늘 끝내자.

tip. 04

현재에 당신의 모습은 어제까지
당신이 생각한 총체의 합이다.
지금의 생각에 따라
나의 미래가 달라진다.

66
출근을
퇴근처럼

출근할 수 있다는 것만으로도 감사하다. 매일매일 시계 추처럼 자동으로 움직이고 바쁘게 돌아갈 것처럼 보였는데, 나의 의지가 아닌 환경과 상황에 의해 멈춰질 때 혼란스럽다. 오늘만이라도 첫 출근의 설렘과 떨림의 마음으로 하루를 시작하여 기분 좋게 퇴근하자.

한 게 없는 사람과
한계 넘는 사람

　우리 인생은 둘로 나뉜다. 한 게 없이 생각만 하는 사람과 한계 없이 행동하는 사람이다. 자신의 한계의 경계선을 넘는 사람은 어떤 사람일까? 첫째는 적극적인 사람, 둘째는 진취적인 사람, 셋째는 능동적인 사람이다. 오늘 하루 자신의 한계점을 넘어 한 단계씩 성장하자.

66

인생은
한판 뒤집기

    세상을 향한 첫 도전은 무엇일까? 그것은 영아기에 두 팔과 다리로 발버둥 치며 자신의 힘을 모아 한판 뒤집는 것이다. 온 힘을 다해 뒤집기 한판으로 자신의 힘으로 기어 다닐 수 있었고, 앉을 수 있었으며 서서 걸었고, 뛰어 다닐 수 있었다. 스스로 이겨낸 작은 힘이 지금의 나를 성장시켰다. 지금 위기를 기회로 한판 뒤집어 보자.

66

포로가 아닌
프로의 삶!

버려야 할 습관에 포로가 되지 말고, 버텨야 할 습관에
프로가 되자. 무엇엔가 묶여 있는 한계를 넘어 프로의 자
유로움을 마음껏 누리자. 오늘 하루 프로의 삶을 위하여
파이팅하자.

"
표정이란?

　마음속에 감정 상태가 얼굴을 통해 나타난 것을 표정이라 한다. 표정은 마음의 거울이다. 표정이 밝은 사람은 보는 이로 하여금 유쾌하게, 상쾌하게 만든다. 웃음의 명언을 기억하자.

　"젊은이의 얼굴은 예술품이요, 노년의 얼굴은 걸작품이다."

　이 말은 화장하라는 것이 아니다. 젊었을 때 살아온 성품과 태도의 결과물이 노년의 얼굴에 나타난다는 것이다. 오늘 나의 얼굴이 훗날 졸품이냐 명품이냐를 결정한다. 오늘 하루 인상 쓰지 말고 웃는 얼굴로 시작하자.

tip. 05

순간 주어진 특별한 기회를 위해
차곡차곡 준비하라. 그것이 평생을
살아가는 운명의 기회가 될 것이다.
남보다 한걸음 더 힘차게 시작하자.

금지가 아닌
지금

  목적지를 모르고 정처 없이 세월을 보내는 사람들이 많다. 목적지의 방향이 없으면 쉽게 할 수 있는 일도, 하려고 하는 것도 스스로 한계를 두어 '금지'시켜 못 하게 되기 마련이다. 이제 '금지'를 '지금'으로 바꿔 보자. 지금부터 앞으로 나아갈 나만의 목적지와 방향을 정해놓고, 그동안 하고 싶었던 것, 하려고 했던 것을 바로 '지금'부터 시작하자.

인생길은 좋은 날을 기대하며 한 걸음 내딛는 것이다. 힘들다고 주저앉지 말자. 두렵다고 망설이지 말자. 괴롭다고 멈추지 말자. 어릴 때 한번 말하기 위해 5,000번 반복하고, 한번 서기 위해 2,000번을 반복한 것처럼 다시 시작하는 인생길이 생명길이 되도록 노력하자.

오늘
해야 한다

    다시 돌아가고 싶은 나이가 있다. 바꿔 보고 싶은 상황
이 있다. 그때 선택을 잘했더라면, 그 기회를 잡았더라면
얼마나 좋았을까? 한 번쯤 이러한 생각을 할 때가 있다.
다시 돌이킬 수 없는 시간과 상황을 붙들며 인생을 허비
하지 말자. 소중한 내 인생을 낭비하지 말자. 최선을 다해
하루를 살아야 한다. 새로운 결심으로 다시 시작해야 한
다. 왜냐하면 훗날 후회의 그 날이 오늘이 될 수 있기 때
문이다.

유일성의 생명,
일회성의 생애

　십 리 길을 가기 위해서는 한 발자국 한 발자국 걸어야
한다. 인생도 마찬가지다. 매일의 실력을 쌓다 보면 한 분
야에 장인이나 고수가 되기 마련이다. 나를 바꾸기 위해
작은 시간, 작은 노력이 수없이 모일 때 자기 계발이 되는
것이다. 우리는 '유일성'의 생명을 가지고 '일회성'의 생애
를 멋지게 살자.

66
한 뼘의
거리

　한 뼘은 엄지손가락 끝에서부터 새끼손가락 끝까지의
거리이다. 엄지와 새끼손가락의 거리는 넓기도 하고 좁기
도 하다. 한 뼘을 재기 위해 손을 활짝 펴야 하듯 손가락
사이의 빈틈을 행복으로 희망으로 꽉 채워나가 보는 것은
어떨까? 한 뼘의 거리에서 소중하고 중요한 인연을 만들
어 가자.

tip. 06

머릿속에 흩어진 생각의 에너지를
하나로 모아라. 그것이 당신의
열정의 온도를 상승시킬 것이다.

❝
열정의 온도를
높이자

　열정의 온도는 주변 사람들에게 영향을 미친다. 높은 열정은 동기와 의지를 살아나게 한다. 반면에 낮은 열정은 회피와 안일한 삶을 살게 한다. 나의 열정의 온도가 내 주변의 온도를 높여준다. 세상을 밝게 해준다. 나의 온도와 주변의 온도를 높일 수 있도록 매일 점검하자.

불꽃 투혼
다브카

'다브카'라는 말의 뜻은 '그럼에도 불구하고'의 의미를
지니고 있다. 어떤 고난에도 굴하지 않고 반드시 이루어
내겠다는 투혼의 정신이다. 어려운 과정과 상황임에도 불
구하고 반드시 해내겠다는 '다브카'의 정신이 필요하다. 승
자의 모습으로 오늘 하루도 승리하자.

인생은 짧다. 얼마나 살지 선택할 수 없지만 어떻게 살 것인지는 선택할 수 있다. 나의 부모는 선택할 수 없지만, 내가 어떤 부모가 될지 선택할 수 있다. 나의 얼굴은 선택할 수 없지만 나의 표정은 선택할 수 있다. 내가 선택할 수 없는 것은 내려놓자. 내가 선택할 수 있다는 것은 축복이며 행복이다.

웃음이 사라지면 삶의 낙(落, 떨어질 낙)이 있고, 웃음
이 들어오면 삶의 락(樂, 즐거울 락)이 생긴다. 삶의 기운
이 없을 때 웃음으로 기쁨의 고도를 높여 '웃고' 살자. 웃
음은 평생 가지고 다닐 상비약처럼 기분이 다운되거나 기
쁨이 사라질 때 수시로 챙겨 먹어두자.

생각하는 방향대로 삶은 만들어진다.
나의 생각을 어느 방향에 둘 것인가를 고민하라.
절망에서 희망으로 당신의 방향을 바꿔라.

PART 2

결정은 신중하게,
행동은 신속하게

　오늘날 상대방의 마음을 읽고 반응하는 능력이 중요해
졌다. 타인의 입장에서 감정을 느끼거나 나누는 능력을
'공감'이라고 한다. 사람과 사람, 생각과 생각 사이의 교감
의 다리를 놓고 친밀감과 유대감이 형성될 수 있도록 튼
튼하게 만들자. '공'짜로 얻은 인생, '감'사하며 살아가자.

 배 속에 있을 때, 우리의 생명 줄은 탯줄이었다. 살면서 우리는 '반겨줄'과 '도와줄' 두 개의 줄을 가지고 살아야 한다. 나를 '반겨줄' 사람이 있다는 것은 그동안 잘 살아온 것이며, '도와줄' 사람이 있다는 것은 행복한 사람이다. 반겨줌과 도와줌은 소통과 화합의 생명 줄이다. 생명 줄을 붙잡고 따뜻한 세상, 아름다운 세상, 멋진 세상을 만들어 가자.

이해와 존중의
마음 감수성

　내가 잘해주고 싶은 것보다 상대가 필요로 하는 걸 헤아려 주는 것이 감수성이다. 풍부한 감수성을 위해 자신의 삶을 들여다보며 관찰, 통찰, 성찰을 훈련해야 한다. 스스로 인정해 주는 마음, 남을 배려해 주는 마음, 이해와 존중으로 오늘부터 시작하자.

참견 말고
참고하자

    자기와 별로 관계없는 일이나 말 따위에 끼어들어 쓸데없이 아는 체하는 말을 '참견'이라 한다. 참견은 대화의 단절과 관계의 단절을 가져온다. 잘못된 참견은 상대와의 관계를 멀어지게 하고, 잘못된 참견을 상대가 받아들이도록 하면 잔소리와 간섭이 된다. 개인적인 의견에 참견하지 말고 '참고'하며 살펴주자.

　인생이라는 긴 터널 속에서 목적지를 향해 달려갈 수 있도록 안내자 역할을 하는 사람을 '멘토', 조언을 듣고 따라오는 사람을 '멘티'라고 한다. 멘토가 멘티의 실력과 잠재력을 향상시키는 것을 멘토링이라 하는데, 멘토와 멘티가 서로 상호작용할 수 있는 것, 그것은 행운이요 축복이다. 멘토와 멘티로 서로 상호작용을 하자.

돕는 손길은
복의 길

　우리가 태어날 때 누군가의 도움을 받으며 태어났듯이 떠날 때도 누군가의 도움을 받게 될 것이다. 도움을 '받는' 횟수보다 도움을 '주는' 횟수가 많아지도록 계속해서 자신의 능력을 키워나가자. 돕는 손길은 복의 길이다.

내공이란 내면에 쌓아둔 잠재력이며 실력을 감추는 능력이다. 내공을 쌓은 사람은 '역경'의 순간에 자신의 '경력'을 활용한다. 위기 속에 나타난 역경을 기회로 쌓아둔 경력을 활용하여 원하는 성취의 꿈을 이루자.

66
견뎌냄과
이겨냄

하루를 사는 것을 당연하게 생각한다. 지금 나에게 주어진 하루는 수많은 '견뎌냄'과 '이겨냄'을 반복해서 얻은 수확이다. 어제 죽은 이가 그토록 살고 싶었던 오늘, 그것은 특별한 축복의 선물이다. 축복된 하루를 맞이하자.

해결에 초점을 맞추자

　먹지에 돋보기로 초점을 맞추면 불이 붙듯이 초점을 어디에 맞추느냐에 따라 삶의 방향과 강도가 달라진다. 문제에 초점을 맞추면 수 많은 장애물이 나타나고, 해결에 초점을 맞추면 수 많은 해답이 보인다. 어려울수록, 힘들수록 문제가 아닌 해결에 초점을 맞추어 해답을 찾자.

집중이란?

    집중이란 생각의 초점이 다른 곳으로 흩어지지 않도록 몰입하는 것이다. 집중하게 되면 속도를 낼 수 있다. 아인슈타인은 "제대로 집중하면 6시간 걸리는 일을 30분 만에 끝낼 수 있지만, 그렇지 못하면 30분 만에 끝낼 일을 6시간 해도 끝내지 못한다."라고 했다. 하나에 집중하고, 한 곳에 집중하고, 꾸준히 파고들면 반드시 원하는 것을 성취할 수 있다.

"
감사의
온도

    마음의 온도가 떨어지면 걱정과 근심의 병이 깊어지고, 마음에 온도가 높아지면 행복과 평안함이 온다. 마음에 온도를 높이고 낮추는 것은 무엇일까? 그것은 감사이다. 감사가 사라지면 감동하지 못한다. 매사에 불평이 늘어난다. 감사는 마음의 치료제요, 회복제요, 영양제이다. 감사가 넘치는 사람은 마음이 따뜻한 사람이다.

"

tip. 07

지금 나를 바꾸기 위한 힘은 열정이요,
나의 꿈을 바꾸기 위한 힘은 도전이다.
나의 삶에 '열도(熱度)'를 높여가자.

"

  (정기적으로 저금하는) 적금처럼 일정 기간 꾸준히 쌓은 실력과 (또 꾸준히 저금하는) 예금처럼 정해진 기간 꾸준히 지켜온 능력이 합해지면 생산 능력이 생긴다. 멋지게 변화될 나를 위해 오늘부터 실력과 능력을 키워 관리를 제대로 하자.

　마음속의 감정 상태가 얼굴을 통해 나타나는 것을 '표정'이라 한다. 표정을 통해 감정을 파악하는 데 0.1~0.31초 걸린다. 수마디 말보다 단 하나의 표정이 훨씬 더 많은 것을 전한다. 표정은 공감과 소통의 제스처이다. 함께 만드는 따뜻한 세상을 위해 웃는 얼굴로 시작하자.

우리의 눈이 주목하여 보는 것을 시선이라 한다. 우리가 보는 것이 우리 마음에 들어온다. 그것이 관심이다. 우리가 보는 것이 생각을 자극하고 감정을 움직이며 끌어당긴다. '관심'을 갖기 위해 관찰하고 '관계'가 좋아지도록 관리하자. 나의 삶에 긍정의 에너지로 '시선 집중'하자.

인간의 위대한 힘은 무엇일까? 그것은 과거와 현재, 그리고 미래를 생각할 수 있다는 것이다. 과거의 생각을 기억이라 하고, 미래의 생각을 상상이라고 한다. 우리는 기억을 바탕으로 현재의 기준을 만들고, 상상을 바탕으로 미래를 설계한다. 생각은 위대한 힘을 가지고 있다. 지금의 생각이 바뀌면 내가 바뀌고, 달라지고, 변화될 수 있다.

　나무의 생명은 무엇에 있을까? 그것은 뿌리이다. 뿌리의 깊이와 넓이가 나무의 높이와 넓이를 결정한다. 사람의 생명은 생각으로 시작된다. 뿌리 깊은 나무가 흔들리지 않듯이 생각이 깊은 사람은 흔들리지 않는다. 오늘 하루 긍정적인 생각의 뿌리를 단단하게 만들자.

가까운 길도 먼 길도 모든 출발은 '걸음'으로 시작한다. 천 리 길도 한 걸음부터 시작해서 원하는 목적지에 도달한다. 거센 비와 바람에 흙이 쓸려 내려가는 것을 막아주는 것이 '거름'이다. '거름'은 식물과 나무를 버티고 성장하게 하듯이 나의 인생의 '한 걸음'이 단단한 '밑거름'이 되도록 오늘도 힘차게 출발하자.

열정적인 삶을 산다는 것은 무엇일까? 나의 삶의 주인 공으로 사는 것 이다. 구경꾼이 아닌 선수로, 수비수가 아 닌 공격수로, 수동적인 삶이 아닌 능동적인 삶으로 사는 것이다. 나의 삶의 열정의 온도가 떨어지지 않도록 날마다 체크해야 한다. 열정의 온도가 올라갈 때의 속도는 천천히 상승하지만, 떨어질 때는 급하강한다. 열정의 고지 앞에 서 한순간에 무너질 수 있다. 열정이 없다면 자신감과 열 정, 그리고 도전할 동기가 사라진다. 우리는 날마다 1°씩 1%씩 열정의 온도를 높여보자.

　나에게 속삭이는 부정적인 생각에 속지 말자. 나의 의욕을 떨어뜨리는 말을 미리 차단하자. 부정적인 생각은 할 수 있는 일도 주저하게 만들어, 해야 할 일을 다음으로 자꾸 미루게 만든다. 매일 반복되는 부정적인 속삭임 때문에 '다음'으로 미루지 말고 긍정적인 '다짐'을 하며 지금 꼭 해내자.

66
행복의
디딤돌

 오늘은 내일의 희망이고, 내일은 오늘의 디딤돌이다. 오늘 해야 할 일을 내일로 미룬다면 희망이 아닌 절망이고, 내일은 오늘의 걸림돌이 된다. 오늘 일을 내일로 미루지 않고 해냈을 때 기대와 희망이 보인다. 기대와 희망은 새로운 기회를 만들어주고, 기회는 나의 삶의 행운을 얻게 한다. 하루하루 꾸준히 꿈을 실현할 수 있도록 노력해보자.

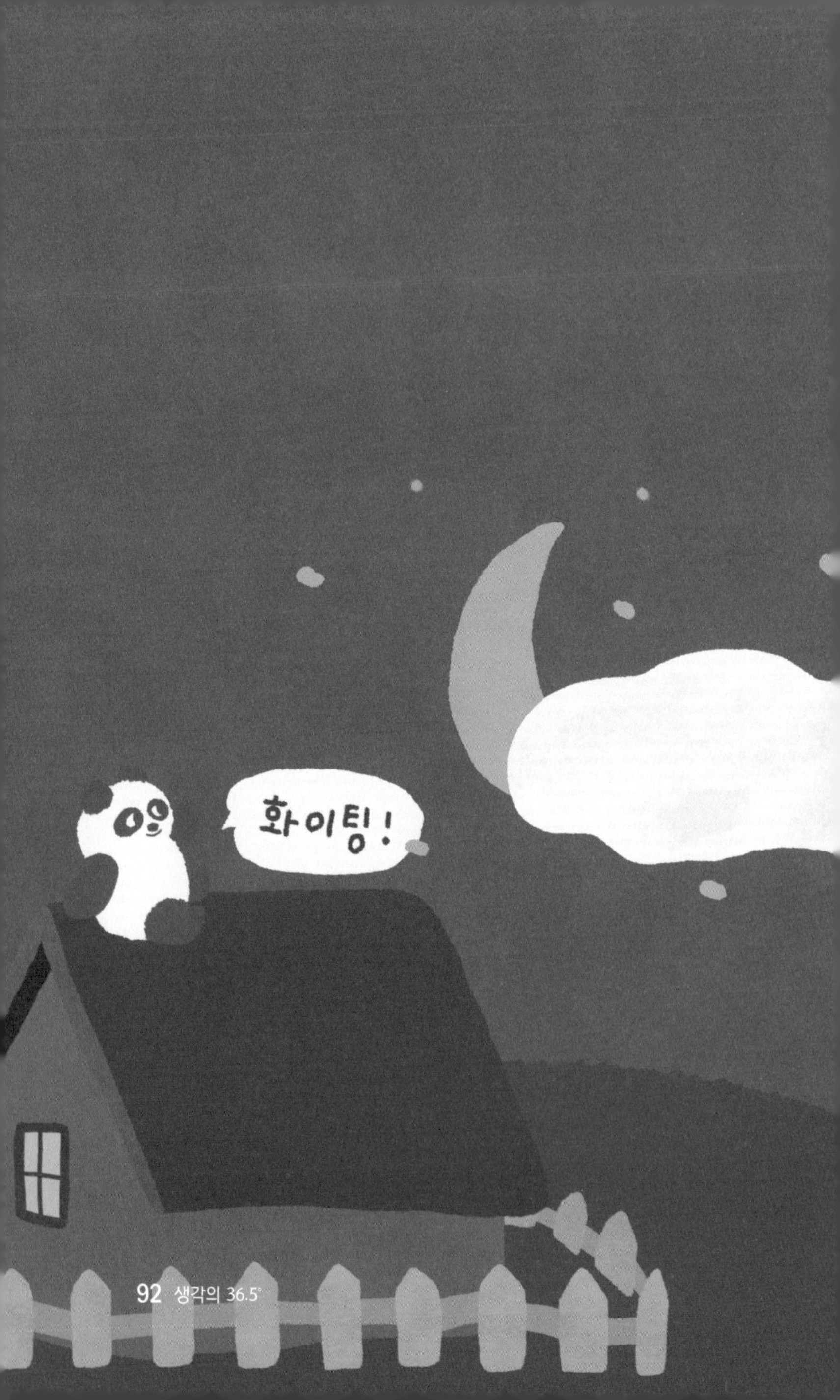
화이팅!

지속력의 힘은 평범한 사람을 비범한 사람으로 바꿀 정도로 무한한 파워를 가지고 있다. 평범한 사람이 좋은 평가를 얻기 위해서는 한 가지 일을 지속해야 삶에 변화가 온다. 지속력을 키우기 위해서는 핑계와 이유, 변명과 미룸을 끊어야 한다. 올바른 지속력은 목적과 목표를 도달하게 한다.

우리 삶에 사랑이 없다면 어떻게 될까? 인생은 속 빈 깡통처럼 허무할 것이다. 인생에서 가장 멋진 삶은 어떤 삶일까? 누군가를 사랑하고 사랑받는 것이다. 지금 이 순간이 마지막인 것처럼 자신의 남은 삶을 사랑으로 채우자. 한 번뿐인 인생, 소중한 나를 위해 감사로 용서로 사랑으로 살자.

tip. 08

당신의 심장은 뛰고 있는가?
그렇다면 아직 할 일이 있다는 것이다.
당신에게 주어진 가슴 뛰는
삶을 위해 지금 행동하라.

경계선을
넘어보자

　포기하고 싶을 때 끝까지 해내 보자. 안 된다고 생각될 때 끝까지 도전하자. 못한다고 생각될 때 끝까지 완성하자. 고통의 순간을 극복하면 성취감과 기쁨을 얻게 된다. 경험하지 않은 세상을 누리는 방법은 나의 한계의 경계선을 넘어 가보는 것이다. 새로운 시도, 한 번 더 시작하자.

66
'때문'에서
벗어나자

　바쁘기 때문에, 힘들기 때문에, 이처럼 '~때문에'라는 말로 우리는 해야 할 일을 다음으로 미룬다. '때문에'는 핑계와 이유를 찾게 하고 그것을 정당한 것처럼 만든다. 오늘부터 '때문에'가 아닌 '때도'로 바꿔 보자. 바쁠 때도 힘들 때도 해낼 수 있었다고 말하자. 좋은 기회와 알맞은 시기의 때를 놓치지 말고 꼭 해내자.

    무엇인가 정확하게 알기 어려워 대충 말할 때 하는 말
이 '얼추'이다. 자세하지 않기 때문에 어림잡아 어지간한
정도로 대충 내뱉는 말이다. '얼추'의 삶을 사는 사람이 생
각보다 많다. '얼추'의 습관을 '추월'하여 정확하게 꼼꼼하
게 살아보자.

##
연륜과
경륜

　나무에는 나이테가 있고, 사람에게는 연륜이 있다. 나이테와 연륜 모두 시련과 역경을 견뎌온 세월의 주름이다. '연륜'이 깊을수록 상황 대처 능력이 빠르고, 순간순간 지혜롭게 판단한다. 지금부터 지혜를 겸비한 연륜, 경험이 풍부한 경륜의 양 바퀴를 굴려보자.

예습과
복습

 과거보다 찬란한 삶을 사는 방법은 예습과 복습이다. 예습은 앞에 진행될 일을 내다보고, 복습은 지나간 일을 보는 것이다. 예습이 없는 세상은 시행착오를 겪게 되고, 복습이 없는 세상은 미완성이 된다. 오늘 하루 예습과 복습이 습관이 되도록 하자.

육교를 보면 처음에는 오르막이지만 나중에는 내리막길이다. 육교와 우리 인생은 서로 비슷한 점이 있다. 인생도 젊을 때 자신감은 높지만, 노년의 때에 자신감이 떨어진다. 끊임없이 자신감을 상승시키는 방법은 무엇일까? 교육이다. 오늘부터 '육교'를 볼 때마다 '교육'을 생각하며 배움을 이어가자.

대책 없이 살지 말고
대담하게 살자

　자신의 인생을 '대책' 없이 사는 사람이 많다. 어쩌다,
어찌하다 이 지경까지 오게 되었는지 기억조차 못 하고
사는 인생은 허무하다. 이제 '대책' 없이 살지 말고, 세상
을 '대담'하게 살아야 한다. 한 번 왔다 한 번 가는 인생을
방관자로, 구경꾼으로 살지 말자. 인생이라는 무대에 대
담하게 자신을 용감하게 드러내자.

　꿈이란 무엇일까? 꿈은 가능성의 씨앗이고, 목표를 실현할 수 있도록 일깨워 주는 것이다. 꿈은 절망과 희망 사이에 무지개와 같다. 꿈을 가진 사람은 삶이 기대된다. 꿈이 없는 사람은 삶이 지루하다. 꿈을 실현하는 과정에는 시련과 역경과 어려움이 다가온다. 시련과 역경을 통과해야 꿈은 현실이 된다. 꿈이 현실이 되기 위해 꿈을 세우고, 꿈을 키우고, 꿈을 뽑어내자. 자신이 원하는 꿈, 자신이 바라는 꿈을 성취하게 되면 나의 삶에 큰 변화가 오게 된다.

66
정확한 꿈을
이루자

하루는 정확하게 짜여 있다. 아침, 점심, 저녁, 하루에 24시간 매일 정확하게 찾아온다. 그런데 흘러간 시간은 붙잡을 수 없다. 하루의 시간은 우리에게 정확하게 찾아오는데, 우리의 꿈은 정확하게 성취하고 있는지 다시 한 번 확인해 보자. 꿈을 성취하기 위해 계획을 세우고 지켜 나가야 한다. 찾아온 시간처럼, 찾아낸 꿈처럼 정확하게 이루자.

"
이 정도에서
이보다 더

  우리 인생에서 최고의 순간은 언제일까? 포기하려고 했는데 다시 시작할 때, 할 수 없는 일을 할 수 있을 때일 것이다. 자신에게 물어보자. 최고의 순간이 지금도 진행형인가? '이 정도'의 인생이 아닌 '이보다' 나은 인생을 위해 오늘부터 의지의 불꽃을 피우자.

❝
골든타임

　생사의 갈림길에서 환자의 목숨을 구할 수 있는 제한된 시간을 '골든타임'이라 한다. 사람의 목숨을 살릴 수 있는 금같이 귀한 '골든타임'을 놓치면 모든 것을 잃게 된다. 어느 순간에 닥칠지 모르는 운명의 골든타임이 있다. 우리는 매 순간 골든타임을 소모하며 살아간다. 한정된 골든타임을 잘 사용하여 '골드한 인생'을 만들어가자.

66

tip. 09

인생은 연극이다. 삶의 스토리에
당신의 모습은 주연인가 조연인가?
당신의 삶의 스토리가 해피엔딩이
되도록 멋지게 연기하자.

99

　끝은 끝나는 것이 아니라 시작으로 연결되어 있다. 끝은 포기하는 삶이 아니라 시작의 출발선이다. 끝이 좋아야 시작하는 데 더 힘을 얻는다. 끝이 아름다운 삶, 끝이 힘이 되는 삶, 끝이 행복한 삶을 위해 우리는 열심히 살아야 한다. 끝은 하나의 완성임을 기억하고 비상의 날개를 펴자.

　시간이 없다고 핑계 대지 말자. 누구나 하루는 86,400 초, 1,440분 하루 24시간이다. 다른 사람의 성공을 부러워하지 말라. 핑계는 이유를 만들고 변명을 만들어 낸다. 하루 만에 성공한 사람은 없다. 성공하고 싶다면 선택하라! 그만둘 건지, 계속할 건지. 성공하고 싶다면 어제와 오늘을 비교하면서 어제와 오늘의 나를 비교하면서 더 노력해 나가라. 시간이 없는 것이 아니라 시간을 내지 않는 것이다. 성공은 당신의 노력에 달려 있다.

❝
한 번 더
일어나는 횟수

성공이란 어제와 다른 내가 더 나은 삶을 위해 원하는 길에 한 걸음 더 전진하는 것이다. 우리는 언제 성공할 수 있을까? 성공은 넘어지는 횟수보다 한 번 더 일어나는 횟수가 중요하다. 그럴 때 우리는 성공할 수 있다. 과거의 실패로 성공을 포기하지 말자. 실패는 성공을 가르치는 훈련소이다. 훈련소에 입소한 신입생처럼 새롭게 시작하자.

후진은 반전,
전진은 도전

전진과 후진의 조화가 이루어져야 주차가 가능하듯 인
생 또한 그렇다. 개구리가 앞으로 나아가기 위해서 움츠렸
다 뛰는 것처럼 인생의 후퇴는 반전을 위한 준비 과정이
다. 준비 과정을 거친 후 원하는 방향으로 전진하며 도전
하자. 후진과 전진을 잘 활용하여 인생을 안전 운전하며
도전하자.

기회란, 어떤 일을 하는 데 적절한 시기를 말한다. 기회
의 시기를 놓치면 더 큰 것을 이루지 못함을 기억해야 한
다. 기회를 놓치는 세종류의 사람이 있다고 한다. 첫째,
그것이 기회인 줄 모르는 사람, 둘째, 용기가 없어서 우물
쭈물하다가 놓치는 사람, 셋째, 기회인 줄 알면서도 기회
를 놓치는 사람이 있다. 기회는 준비된 사람에게 온다. 수
시로 나에게 오는 기회를 꼭 알아차리고 꼭 붙잡자.

결정은 신중하게
신속하게 하자

　결정이 곧 인생이다. 우리의 삶은 지난날의 결정으로 살고 있다. 순간순간 결정이 합쳐져 지금의 나를 만들어 낸 것이다. 우리는 결정의 시기를 놓쳐서 아쉬움과 후회의 날들을 보내고 있거나 때맞춰 결정하였기에 좋은 기회를 누리고 있을 수 있다. 성공한 사람들의 공통점은 적절한 시기에 올바른 결정을 한 사람들이다. 결정은 신중하고 신속하게 하자.

목표를 쪼개어
실천하자

요즘 인생이 빠르게 흘러간다는 생각을 많이 하게 된다. 하루 종일 분주하게 움직이고 있지만 시간이 부족하다는 생각이 든다. 무엇인가 하려고 하면 벌써 저녁이 되어있음을 발견한다. 오늘 할 일을 내일로 미룬다면 어제 할 일을 오늘 하게 되는 것이다. 나에게 남겨진 시간 동안 내가 원했던 목표를 달성하기 위해 잘게 쪼개어 실천하고 성취하자.

　고인 물은 썩는다고 한다. 흐르지 않고 고여 있는 물은 썩게 되어 있다. 그래서 물은 흘러야 깨끗한 상태를 유지할 수 있다. 물이 바위를 뚫는 것은 물의 힘이 아니라 물이 바위를 두드리는 숫자인 것처럼, 우리 인생도 어떤 일이든 전문가가 되기 위해서는 반복의 숫자를 늘려가야 한다. 늘 제자리에 머물러 있으면 발전할 수 없다. 어떤 일이든지 반복의 숫자만큼, 노력의 숫자만큼 성취의 시간을 앞당길 수 있다.

우리는 죽을 때까지 사는 법을 배워야 한다. 날마다 어설프게 배우지 말고, 날마다 꾸준하게 배워야 한다. 배움은 인생의 입장권이다. 입장권이 있다고 해서 다 해결되는 것이 아니지만 가능성을 발견할 기회를 얻을 수 있다. 만약 무엇인가를 누리고 있다면 그동안 배우고 익히고 활용했기 때문이다.

인생의 계단에는 5단계의 계단이 있다. 결심의 계단, 시작의 계단, 행동의 계단, 지속의 계단, 완성의 계단이다. 5단계를 통과하는 과정에서 고통과 좌절, 낙심과 포기의 과정과, 성찰과 성취, 성장과 성공의 과정을 거쳐야 한다. 인생의 계단에는 엘리베이터가 없다. 속도가 아닌, 방향 안에 행복을 쌓아가자.

생각을 바꾸기 위해 얼마나 큰 자극이 필요한가? 행동
으로 옮기기 위해 얼마나 큰 결심이 필요한가? 바꾸고 싶
은 나의 현실, 달라지고 싶은 나의 모습을 위해 행동을 더
이상 늦추지 말자. 더 이상 늦추거나 망설인다면 새로운
것을 얻을 수 없다. 지금의 나이는 더 이상 물러설 곳이
없는 최후의 방어 노선이 될 것이다.

66

tip. 10

어제의 숨은 충전소,
오늘의 삶은 활력소,
내일의 쉼은 휴게소이다.
나의 인생은 삶· 숨· 쉼이다.

99

절망을 넘어
희망으로

　삶에 얽혀 있는 두 가지 망, 절망과 희망이 있다. 희망과 절망의 차이는 일어난 일과 사건을 어떻게 해석하는가이다. 어떤 일이든 긍정으로 해석하자. 절망은 나를 더욱 단단하게 단련시키고, 희망은 나를 더욱 탄탄하게 훈련시킨다. 희망과 절망 사이에 생명이 있다. 절망을 희망으로 바꾸는 삶을 살자.

❝
이름을
이룸으로

이 세상의 모든 존재는 다 이름이 있다. 인간은 태어나서 맨 처음 받는 것이 이름일 것이다. 이름은 그 사람이 누구인가를 보여준다. 이름은 그 사람의 총체적인 총합이라고 할 수 있다. 이름은 이룸의 뜻을 지니고 있다. 잘되라는 마음으로, 성공하는 마음으로, 건강을 바라는 목소리로 이름을 불러주자.

**" 우리는
하나다**

　'우리'라는 말은 한마디로 남이 아니라는 말이다. 우리
라는 말은 강한 결속력과 친밀감을 가지고 있다. '우리'라
는 울타리에 속해 있으면 안전하고 든든하게 느껴진다.
'우리'가 갖고 있는 힘은 의지와 성취의 힘을 한 곳으로 모
이게 한다. 오늘 하루 남이 아닌 '우리'로 함께 나누고 이
해하며 살자.

❝
함께
동행합시다

함께라는 말은 무엇일까? 여러 사람의 마음과 뜻이 하나와 같음을 뜻한다. 함께한다는 것은 자기 것을 내려놓고 서로 맞춰가는 것이다. 함께한다는 것은 하나로 합친 마음이다. 함께할 수 있다는 것, 함께 갈 수 있다는 것은 서로 소통과 화합으로 동행하는 것이다. 서로 함께할 수 있도록 노력하자.

인간관계를 부드럽게 하는 것은 무엇일까? 그것은 친절이다. 친절은 정신의 비타민이고 생활의 윤활유이며, 사회의 활력소이다. 친절 없는 사람은 몸과 마음에 불편과 불안이 생기며, 친절한 사람은 기쁨과 보람 있는 사회를 만든다. 타인에게 친절하면 절친이 된다.

'사소함'은 우리의 일상 속에서 무심코 스쳐 지나가지만 큰 힘을 가지고 있다. 사소한 것들을 놓쳐서 어려움을 겪어본 적이 있는가? 아니면 사소하다고 생각했던 것이 큰 일이 되어 돌아온 적이 있는가? 사소한 것이라고 지나치면 소중한 것을 잃을 때가 있다. 오늘 하루 사소함을 신중함으로 바꿔 보자.

127

　인연이라는 단어를 뒤집으면 연인이 된다. 인연은 보이지 않는 끈으로 이어지는 연이고, 연인은 보이는 끈으로 이어지는 연을 말한다. 인연과 연인은 공통점이 있다. 그것은 어느 시기의 운명적인 '때'가 있다는 것이다. 귀중한 인연이 소중한 연인처럼 오래도록 함께하길 소망한다.

시곗바늘처럼
꼭 필요한 만남

시계는 긴 바늘과 짧은 바늘이 있다. 긴 바늘과 짧은 바늘은 서로 다른 속도의 역할을 하다가 약속된 시간에서 만난다. 우리는 매일 정해진 시간에 누군가를 만난다. 우리의 만남도 시곗바늘처럼 멈추지 않도록 함께 노력하자. 오늘의 만남을 위한 소중한 시간, 기쁨으로 출발하자.

칭찬은 상대방의 기운을 북돋고 더 잘할 수 있도록 동기를 부여하는 마술과 같다. 기운을 올려주는 말로서 '잘했어', '최고야', '대단해', '멋졌어'라는 말을 들으면 들을수록 기운을 받게 된다. 칭찬은 귀로 먹는 보약이다. 칭찬은 우리 삶을 넉넉하게 해준다. 오늘 하루 칭찬으로 건강한 하루를 시작하자.

어떤 말을 하느냐에 따라 인생에 많은 영향을 미친다. 말은 과거를 불러올 수도 있고, 미래를 현재로 불러올 수도 있다. 말이 곧 그 사람의 가치관이며 성품이며 인격이다. 말은 우리의 마음 상태를 비춰주는 거울이요, 미래의 설계도이며 보물 지도이다. 우리는 날마다 숨 쉬듯이 사용하는 말을 제대로 디자인해야 한다.

실수는 완벽한 나의 빈틈을 말한다. 실수를 함으로써 그동안 해왔던 방법들을 새롭게 점검하게 된다. 실수가 반복되면 의욕이 상실된다. 실수가 반복되면 신뢰가 상실된다. 반복되는 실수를 알아차리고 실수를 했어도 다시 도전하는 의지와 다음에 실수하지 않겠다는 결심이 필요하다. 삶에서 '실수'는 실전 수업임을 기억하고 집중하고 완성하자.

tip. 11

문제가 있으면 풀고, 장벽이 있으면
넘고, 기회가 있으면 잡아라.
이 모든 것이 당신 안에 답이 있다.

"
말은 우리 몸의
향기다

당신의 말은 성공하는 말인가, 아니면 실패하는 말인가? 살리는 말인가, 죽이는 말인가? 전진하는 말인가, 후퇴하는 말인가? 삶을 고단하게 하는 말인가, 아니면 용기와 자신감을 주는 말인가? 우리가 어떤 말을 사용하느냐에 따라 성공과 실패의 결과가 달라질 수 있다. 성공하는 말은 기운을 솟구치게 하며 좋은 향기가 나고, 실패하는 말은 의욕을 상실하게 하며 악취가 난다. 말은 생명력이 있으며 성공을 이끌어낸다.

66
웃음이란?

    웃음이란 무엇일까? 웃음은 우리의 숨소리이다. 웃음은 사람이 입을 열고 웃는 소리이다. 숨이 멈추면 사람은 죽는다. 웃음이 멈추면 삶의 의미가 없다. 웃고 있는 인생은 살아있는 인생이요, 웃지 않는 인생은 죽어가는 인생이다. 웃음은 사람과 사람과의 관계를 부드럽게 해준다. 웃음은 윤활유요, 활력소요, 치료제이다. 웃으면 인상이 펴지고, 웃으면 인생이 펴진다. 지금부터 웃고 살자. 행복은 사람이 입을 열고 웃을 때 행복의 메아리는 퍼져나간다. 행복한 세상, 웃는 세상 함께 만들자.

인간관계를 통해서 인맥이 만들어진다. 인맥의 참뜻을
보면 얼마나 많은 사람이 나를 '알고' 있느냐가 아니고, 얼
마나 많은 사람이 나를 '인정'하고 있느냐이다. 인간관계
의 기본 주춧돌은 믿음과 신뢰임을 기억하자. 믿음과 신
뢰가 쌓이면 산맥처럼 높아지고 단단한 인맥은 자산이 된
다. 오늘도 인간관계를 통해 좋은 인맥을 만들자.

    날마다 한 페이지를 읽어가듯 날마다 하루가 지나간다. 어떤 이는 어영부영 하루를 버리지만, 어떤 이는 차곡차곡 열심히 채워간다. 책에는 마지막 페이지가 있듯 우리 인생도 마지막 삶이 있다. 마지막 순간까지 '삶의 기쁨'을 잃지 않도록 습관화하자.

흥미란 무엇일까? 마음속에서 우러나는 즐거움을 말한다. 흥미는 활동에 열중하고, 몰입하게 하고, 그 속에서 가치를 발견할 수 있게 한다. 흥미는 모든 일에 자발적인 참여 속에 능력을 만들어 낸다. 과학자 아인슈타인 또한 흥미를 제일 좋은 선생님이라고 말한 것처럼 흥미로 우리 인생을 즐거움과 기쁨으로 멋지게 만들자.

사는 동안

사는 동안 한시라도 잊고 살지 말아야 할 것은 감사와 사랑이다. 감사와 사랑의 공통점은 마음에서 시작되고, 표현으로 전달된다. 감사와 사랑이 사라지면 불평이 시작되고, 감사와 사랑이 넘쳐나면 고마움이 커진다. 감사와 사랑은 나도 함께(나눠 주고, 도와주고, 함께하고, 계속하자)의 정신으로 살게 한다.

❝
인생의 비밀번호
네 자리

　은행에서 돈을 찾을 때 꼭 기억해야 할 숫자 네 자리, 비밀번호가 있다. 우리 인생에도 꼭 기억해야 할 숫자, 생년월일 네 자리가 있다. 네 자리를 잊어버리면 시간이 지연되거나 우선순위에서 밀려날 수 있다. 인간관계에서도 자기 자리가 중요하다. 책임감과 사명감으로 자신의 네 자리를 꼭 지키자.

당신의 꿈이 더 넓은 세상과 만날 수 있도록
당신의 열정이 기회와 마주할 수 있도록 당신
의 삶을 응원합니다.

PART 3

오늘은 들여다보고
내일은 내다보자

　매일 첫날인 것처럼 새롭게 시작하고, 매일 마지막 날인 것처럼 마무리하라. 시작과 끝이 중요함에도 불구하고 내일로 미루는 경우가 있다. 오늘 하지 않으면 어제의 일을 다시 하게 된다. 오늘 일을 할 수 있을 때 해보자. 해내자. 내생의 최고의 날은 내가 할 일을 끝낼 때 이루어진다. 시작과 끝을 아름답게 만들자.

"
시간의
주인이 되자

　남은 시간을 어떻게 쓸까를 고민하자. 쓰는 시간이 달
라지면 인생이 달라진다. 매일 다가오는 시간은 나의 것
이지만 지나간 시간은 나의 것이 아니기에, 나에게 다가
올 시간을 미리 계획하고 맞이해야 한다. 시간에 쫓겨 살
지 말고 시간을 붙잡고 살자. 시간에 끌려 살지 말고 시
간을 관리하며 살자. 시간을 따라가지 말고 시간이 따라
오게 만들자. 나에게 주어진 시간은 생명이며 시간은 인
생이다. 매일매일 나에게 주어진 시간 황금처럼 귀하게
사용하자.

꿈이
현실이 되길

  밤새 무서운 꿈을 꾸거나 안 좋은 꿈을 꾸고 눈을 떴을
때 꿈이어서 다행이구나 하는 생각을 할 때가 있다. 또한
성공한 꿈을 꾸거나 바라던 꿈을 꾸고 눈을 떴을 때 꿈이
어서 아쉬울 때가 있다. 우리의 삶도 다행과 아쉬움 사이
에 공존한다. 꿈이 현실이 되어 바라는 대로 원하는 대로
꿈을 이루자.

다름이 아닌
다움

   틀린 것이 아닌 다양성을 지닌 것, 옳고 그름이 아닌 다른 것을 '다름'이라 한다. 우리는 남과 다른 재능과 능력의 특별함이 보일 때 '남다르다'고 한다. 남과 다른 '나다움'을 위해 오늘 하루 내가 만든 세상이라는 무대에서 나만의 멋을 부리며 살아가자.

올해와
오래

　사람의 관계는 '올해' 보는 사람이 있고, '오래' 보는 사람이 있다. 한 번의 만남이 끝이 아니라 오래 함께하기 위해서는 정성과 공을 들여야 한다. 오래 보는 사람은 반가움과 고마움, 그리고 보고픔이 생긴다. 오래 볼 수 있도록 오래 만날 수 있도록 함께 노력하자.

생각의 36.5°

같이와
가치

 기분 좋은 사람들과 같이 있다는 것은 행복이요, 기쁨이다. 지금 이 순간 '같이 있는 사람'과 함께 있다면 '가치 있는 사람'이다. 오늘 하루 '같이 있는 사람'들과 '가치 있는 일'을 하자.

얼마나 더 해야 잘할 수 있을까? 언제 끝날지 알 수 없을 때 누구나 포기하고 싶은 순간이 있다. '해봤어?'로 끝나는 후회의 말을 할 것인가? '해냈어!'로 끝나는 전진의 말을 할 것인가? 정신이 흐트러질 순간의 타이밍에 단호하게 말하자.

"해내자, 끝까지 해내자."

66

tip. 12

삶의 방향을 결정하는 열쇠는 생각이다.
생각을 키워 꿈의 날개를 펴고
더 넓은 세상을 향해 비상하라.

99

"

감사로 시선을
고정하자

　자신의 받은 복을 세어보는 것을 '감사'라 하고, 남이
받은 복을 세어보는 것이 '질투'이다. 나와 남의 시선의
방향에 따라 감사로 살 것인지 질투로 살 것인지, 그것은
우리의 선택이다. 오늘 하루, 감사의 방향으로 시선을 고
정하자.

사람의 '멋', 인생의 '맛'이 있어야 살아갈 용기를 얻는
다. 살다 보니 나이만 먹었다는 말, 세월이 너무 빠르다
는 말은 아쉬움과 안타까움이 녹아 있다. 후회한들 무슨
소용이 있겠는가? 나에게 남겨진 인생을 위해 힘을 모아,
뜻을 모아 멋과 맛을 위해 용기를 내어 시작하자.

도전은 나침반이요,
등불이다

  할 수 없는 것에 대한 진정한 용기는 무엇일까? 그것은 도전이다. 도전은 가보지 않은 세상을 밝히는 등불이요, 새로운 세상을 탐험하는 나침반이다. 도전 없는 하루를 산다는 것은 정지된 시간 속에서 정신과 몸이 서서히 죽어가는 것이다. 도전으로 살아있다는 것을 증명하자.

죽음이
있다는 것

  죽음은 우리에게 주어진 시간이 영원하지 않음을 알게
해준다. 그래서 소중한 시간을 낭비하지 말고 귀하게 사
용해야 한다. 한 번도 가보지 않은 미지의 세상을 위해 매
순간 잘 살기 위해 노력해야 한다. 죽음이 있다는 것은
준비된 자에게 축복이자 선물이다.

    희망은 심장을 뛰게 하는 새로운 기대감을 갖게 한다. 희망을 선택하는 순간 도파민 호르몬이 다량으로 분비하여 우리의 열정의 온도를 높여준다. 희망이 없다는 것은 걱정과 두려움이 가득하다는 것이다. 희망을 포기하면 무기력해진다. 희망은 기대의 승차권을 소유한 것이다.

    희망을 위한 5가지 질문을 던져보자.

    나는 무엇을 보고 있는가?

    나는 무엇을 듣고 있는가?

    나는 무엇을 말하고 있는가?

    나는 어디를 향해 가고 있는가?

    나는 누구와 함께 가고 있는가?

행여나 안 될까 봐 밤을 새워 노력했다. 행여나 못 할까 봐 밤을 새워 연습했다. 행여나 놓칠까 봐 밤을 새워 준비했다. 그 순간에 내가 느꼈던 것은 왜 미리 준비해 놓지 못했을까라는 후회와 반성이었다. 가장 중요한 것은 그 순간의 고통을 지금은 끊어냈는가이다. 작은 것을 바꾸면 전체가 달라진다. 행여나에서 행함으로 바꿔보자.

tip. 13

모든 경기는 휘슬이 울려야 경기가 끝이
난다. 휘슬이 울릴 때까지 원하는 꿈을
포기하지 말자. 인생의 결승골을 꼭 넣자.

삶이 무의미할 때 사람은 참으로 불안해한다. 그래서 이것저것을 하게 된다. 불안은 회피하는 삶을 살게 한다. 평안은 해피한 삶을 살게 한다. 해피한 삶을 살기 위해 세 가지를 준비하자. 첫째는 꿈을 가져야 한다. 둘째는 재미있게 살아야 한다. 셋째는 친구를 사귀어야 한다. 꿈과 재미, 그리고 친구와 오순도순 살아가며 목표를 하나씩 이루어 갈 때 자신에 대해 당당해진다.

'여백'과 '공백'은 다르다. 여백은 무엇인가 있는 빈자리의 채움이 남아있는 것이고, 공백은 텅 비어있는 것을 말한다. 자신에게 주어진 시간과 공간을 '공백'으로 두지 말고 오늘 꼭 해야 할 목적과 목표를 세워 '여백'을 꽉 채우자.

같은 공간에 살아도 누군가는 '쉼'이고, 누군가는 '삶'이다.
같은 일을 즐겁게 하는 사람이 있고, 같은 일을 지겹게
하는 사람이 있다. 쉼은 힘들게 버텨온 것을 내려놓는 충
전소다. 삶은 아쉬운 것, 하고 싶은 것을 올려놓는 활력소
다. 쉼과 삶을 통해 자신의 삶을 빛나게 살찌우자.

66
한탄과 순탄

세월을 두루마리 화장지와 비유하곤 한다. 천천히 돌아가다가 속도가 빨라진다. 화장지가 돌아가는 모습을 보면 세월의 빠름을 느끼게 된다. 세월은 얼마나 빠를까? 어릴 때는 기어다니고, 성인이 되었을 때는 걸어다니고, 중년이 되었을 때는 뛰어다니고, 노년이 되었을 때는 날아다닌다고 한다. 삶의 여정에 아무것도 못 했다고 '한탄'하지 말고, 차곡차곡 쌓아두어 '순탄'하게 성취하며 하루를 보내자.

❝
다시 한 번
해보자

최선을 다했다고 생각될 때 한 번 더 시도하자.

이 정도면 됐다고 생각될 때 한 번 더 도전하자.

나의 정신과 육체의 에너지를 하나로 집중시키는 소리,

"그래 다시 한 번 해보자!"처럼 가슴에 새로운 기대감을 가지고 뜨겁게 만들자. 새로운 나를 위해, 변화된 나를 위해 오늘도 수고하자.

66

tip. 14

자신이 정한 한계에 머물러 있지
말자. 한계는 또 다른 시작이다.
한계를 넘어 정상에서 모두 만나자.

99

'행복'을 얻기 위해서는 어떤 길을 가야 할까? 우리는
매 순간 자신의 행보를 알고 있어야 한다. 혼자만의 세상
이 아닌 모두가 참여하고 어울리는 세상을 위해 함께하길
원한다. 행복을 위해 외치는 함성 '행보케!'이다.

사점을 넘어
결승점으로

   마라톤의 완주를 위해서는 자기 자신의 한계점인 '사점 (死點)'을 넘어야 한다. 사점을 극복하기 위해서는 몸의 컨디션을 조절해야 한다. 인생의 완주를 위해서 마음의 신발 끈을 다시 매고 '사점'을 넘어 '결승점'에 도달하자.

66
미완성을 넘어
완성으로

하루하루 사는 것이 힘들어 포기하는 사람이 있다.

삶과 죽음의 경계선에서 버티고 견디는 사람이 있다. 각자에게 주어진 시간에 어디쯤 왔는지, 어디쯤 가고 있는지 아무도 알 수가 없다.

언제, 어디서, 어떻게 죽음을 맞이할지 아무도 모른다. 인생은 미완성이라고 한다. 나에게 주어진 하루를 미완성을 넘어 완성으로 만들자.

　농구 경기에서 버저의 울림과 동시에 득점하는 것을 버저비터라고 한다. 버저가 울려도 유효한 숏이 되었다면 득점으로 인정이 된다. 한 골 더 넣을 가능성을 위해 숏을 던지는 선수만이 행운을 얻는 것이다. 우리에게 버저비터가 남아있다. 확률이 희박하다고 해서 포기하지 말자.

　유도 경기의 꽃은 한판승이다. 점수가 뒤처진 선수가 마지막 순간에 한판승으로 승부를 뒤집는 경우가 많다. 또한 점수를 차곡차곡 쌓아 올려 승리하는 선수도 있다. 매일, 매달, 매년 우리는 한판의 승자가 되기 위해 노력한다. 오늘 하루, 영광의 승자로 시상대에 오르자.

　　과거의 나보다 더 큰 존재로 살려고 땀 흘리고 노력하
는 지금의 나를 칭찬해 주자. 나를 응원해주자. 바꿔 보
라고, 달라지라고 나를 너무 몰아세우지 말자. 끝까지 나
를 신뢰하고 믿어주자. 오늘, 아주 작은 것부터 한 가지씩
시작할 수 있도록 나를 응원하자.

tip. 15

어제보다 더 큰 오늘을 바라보며,
오늘보다 더 큰 세상을 바라보며,
꿈을 향해 한걸음 전진하자.
전진을 통한 진전 있는 삶을 살아보자.

한 권의 책이 생각을 바꿀 수 있다. 한 번의 선택이 인
생의 방향을 바꿀 수 있다. 한 번의 기회가 행운을 만들
수 있다. 이 모든 것이 나의 운명을 바꿀 수 있다. 운은
하늘에서 뚝 떨어지는 것이 아니다. '운'을 받기 위해서는
수고와 땀과 노력으로 '공'을 들여야 한다. 공들여 얻은 운
은 기쁨과 만족이 충만하다.

❝
기다림은
'기대'와 '다림'

    우리는 기다리며 살아간다. 내일을 기다리며, 미래를 기다리며, 누군가를 기다리며 살아간다. 기대와 다림의 합성어가 기다림이다. 기대는 어떤 일이 원하는 대로 이루어지기를 바라는 것이요, 다림이란 주름살이나 구김살을 펴는 행위를 말한다. 과거의 주름살이나 구김살을 펴고 미래의 희망을 바라보며 살자.

66

평생
갚아야 한다

　살아온 날보다 더 중요한 것은 살아온 날 속에 나의 삶
이 중요하다. 우리가 걸음마를 배울 적에 부모님이 걸을
수 있도록 손잡아 주신 것처럼 그렇게 우리는 혼자의 삶
이 아닌 함께 더불어 베풀며 나누는 행복한 삶을 계속해
서 살아가야 한다. 태어날 때부터 도움을 받았으니 웃음
과 행복으로 평생 갚아가며 살아가자.

　태어남이 나의 선택이 아니듯 죽는 것 또한 나의 선택이 아니다. 나무는 잘리고도 다시 자라나지만, 사람의 목숨은 한 번 끊어지면 다시 되돌릴 수 없다. 삶과 죽음의 문턱에서 삶의 고비를 넘기는 사람처럼 살자. 살아야 후회든 은혜든 갚을 수 있다.

물구나무서기

   물구나무서기를 해본 적이 있는가? 물구나무를 선다는 것은 기존의 시각을 다른 각도에서 다른 시선으로 바라본다는 것이다. 한 번쯤 다른 각도에서 다른 세상을 바라보자. 세상을 위에서 밑으로만 내려다보지 말고 한 번쯤 밑에서 위로 올려다보자. 조금은 천천히, 조금 더 꼼꼼하게 하나하나 여유 있게 관찰해보자. 인생이라는 일상에서 경험하지 못한 세상을 다른 시선으로, 바른 시선으로 설렘과 호기심으로 바라보자. 거꾸로 보는 세상, 우리 모두 즐겨보자.

"시작이 반이요, 끝은 전부다."라는 말처럼 끝까지 완주
해야 기쁨을 누릴 수 있고, 끝까지 완성해야 성취를 얻을
수 있다. 즉 끝까지 완결해야 미래를 꿈꿀 수 있다는 말이
다. 오늘의 땀과 노력의 결실이 나의 삶에 자신감과 자긍
심을 준다. 늘 새롭게 시작하라. 늘 새롭게 도전하라. 그
리고 끝까지 끝내라.

평범하게 살아도 불편함이 없었는데 굳이 특별한 삶을 살아야 하냐고 묻는다. 정답은 아무도 모른다. 그러나 자신이 선택한 삶에 본인은 책임을 져야 한다. 자신이 선택한 삶에 후회하지 않도록, 실망하지 않도록 살아야 한다. 지금의 결정을 훗날에 만족할 수 있도록 살아야 한다. 지금까지 살아온 인생이 평범했기에 이제 나는 특별한 삶을 살아보련다.

185

드라마가 인기를 얻기 위해서는 두 가지가 성립되어야
한다고 한다. 첫 번째는 주인공이 역경을 안고 살아가는
것, 두 번째는 그 역경을 딛고 승리하는 스토리를 갖고 있
는 것이다. 드라마 장면마다 등장인물들은 역경을 만나고
해결해 나간다. 그리고 결정적인 순간에 다음을 기대하게
하며 방송이 끝난다. 우리의 삶의 다음 장면이 궁금하고
기대되지 않는가? 역경을 딛고, 역경을 이겨낸 미래의 나
를 기대해보자.

> ##### 변화는 시대의
> ##### 생존이다

변화는 작은 것부터 시작된다. 변화는 과거보다 미래에 힘을 실어 준다. 변화를 꿈꾸면서도 정작 과거의 행동과 사고에서 벗어나지 못하는 것은 익숙함과 두려움 때문이다. 무엇이든 한 번 정해지면 바꾸기 쉽지 않다. 변화하기 위해서는 네가지 장애물을 넘어야 한다. 첫째는 두려움, 둘째는 무력감, 셋째는 타성, 넷째는 무관심이다. 변화를 즐기자. 변화에 도전하자. 변화는 끝이 아니라 시작이다. 변화는 이 시대를 생존할 수 있는 강력한 무기이다.

생각의 36.5˚

초판 1쇄	2021년 05월 10일

지은이	유성수
발행인	김재홍
디자인	김다윤 이근택
교정·교열	박순옥 전재진
마케팅	이연실

발행처	도서출판지식공감
브랜드	문학공감
등록번호	제2019-000164호
주소	서울특별시 영등포구 경인로82길 3-4 센터플러스 1117호(문래동1가)
전화	02-3141-2700
팩스	02-322-3089
홈페이지	www.bookdaum.com
이메일	bookon@daum.net

가격	15,000원
ISBN	979-11-5622-573-7 03810

문학공감은 도서출판지식공감의 인문교양 단행본 브랜드입니다.